너의 햇볕에
마음을 말린다

딸에게 보내는 시

너의 햇볕에
마음을 말린다

나태주 시집

홍성사

딸아이
생각

딸아이는 모든 어버이 된 사람에게는 가장 예쁘고 사랑스러운 혈육이다. 나만 해도 딸아이를 낳아 기르면서 얼마나 기쁘고 행복했는지 모른다. 딸아이가 어린 시절, 딸아이를 생각할 때마다 쿨렁, 바다가 한 채 가슴에 안기는 듯한 충만감을 느끼고 했으니까 말이다.

나라고 어찌 살아오면서 구차하고 누추한 삶이 없었겠는가. 굴욕이며 절망이며 분노가 없었겠는가. 가슴 치며 울고 싶은 날. 무릎 꿇고 눈 감고 싶은 날. 그런 날이라도 딸아이 생각 떠올리면 스르르 용기가 솟고 힘이 생기기도 했다.

그것은 실로 신비한 에너지. 알 수 없는 응원. 나 스스로에게 주문을 걸곤 했다. 그렇다. 나에게는 딸아이가 있다. 저 아이를 보아서라도 내가 여기 이만큼서 멈추면 안 된다. 한 발자욱만 더 가자. 가보자. 그렇게 해서 어려운 고비를 넘기곤 했다.

이제 딸아이는 자라서 어른이 되고 자신도 어버이가 된 지 오래다. 내가 저를 낳아서 기르며 기뻐하고 안타까워하고 행복해했던 것처럼 그도 자식을 낳아서 기르며 그렇게 하고 있다.

나는 이제 새삼스레 딸아이에게 애걸복걸 매달리지 않는다. 조금쯤 거리를 두며 살고 있다. 하지만 여전히 딸아이는 딸아이. 비록 나이 들어 어른이 된 딸아이지만 마음속으로는 여전히 어리고 귀엽고 자랑자랑 품 안에 들어오는 자식이다.

딸이 소망이다. 딸이 밝음이고 내일이고 꿈이다. 더러는 숨쉬기 버거운 날, 날씨라도 흐린 날이면 나는 지금도 딸아이가 살고 있는 서울 쪽 하늘을 본다. 잘 있겠지. 그래 여전히 잘 있을 거야. 스스로 마음을 달래고 다스린다.

나에겐 이제 딸아이만 딸이 아니다. 세상 모든 예쁜 아이들은 다 딸이고 또 세상의 귀엽고 조그맣고 사랑스러운 것들은 또한 모두가 딸이다. 딸의 의미가 그렇게 한껏 확대 재생산된 것이다. 보다 보편화된 딸이다.

세상에 있는 모든 딸들아. 살기가 힘드냐? 견뎌내기가 버겁냐? 그럴 것이다. 그래도 참아야 하고 견뎌내야 한다. 너희들도 가슴속에 꿈꾸는 예쁘고 사랑스러운 것을 품어보기 바란다. 다시금 너의 딸들을 사랑하기 바란다. 그러면 조금씩 견뎌지고 이겨내지고 끝내 꽃을 피워내는 날이 있기도 할 것이다.

딸아. 딸들아. 우리 그날까지 지치지 말고 나아가자. 그리하여 승리하는 사람들이 되자. 끝자락에서 우리 서로 웃음으로 손을 잡자.

2019년 초겨울 무렵
나태주 씁니다

나태주

1부

———

어제

2019. 11. 30

축복 16

아는지 모르겠다 17

발에 대한 명상 18

부모 마음 19

꼼빠니아 21

빈방 23

사랑, 그것은 24

추억에게 26

한 아름 27

네가 없음 28

데레사 수녀 29

너에게도 봄 30

인간의 길 31

발견 32

옛날 찻집 33

라스베이거스 34

백자 35

쥐똥나무 36

자투리란 말 38

또 하나 사랑 39

춘천 가는 길 40

공주에 오시면 41

아들 42

아들에게 43

반성 44

잠시 만남 45

너를 보낸다 46

가볍게 47

미안해 48

너에게 감사 49

셔터의 유혹 50

너 가다가 51

2부

———

오늘

2019. 11. 30 이영옥

휘청 54

눈을 감는다 55

하루의 시작 56

아침 커피 57

새벽 감성 58

아침에 59

멀리 기도 60

물든다 62

보고 싶어요 64

모두가 네 탓 65

개망초 66

하필이면 67

기다림 68

바람 때문에 69

드라이브 71

사치 72

황혼 무렵 73

고마움 74

커피 향 앞에 75

전화 건 이유 76

여름 골목 77

플레트홈 78

낯선 바람 79

여름 여자 80

성공 81

그대의 시 82

슬이에게 84

다시 만날 때까지 85

부산역 86

바다를 준다 87

너에게 안녕 88

신기루 같은 것이라도 89

너라도 있어서 90

나의 직업 91

모를 일 92

흰 구름 93

3부

그리고 내일

원점 96

사랑은 97

지구 떠나는 날 98

그 자리에 99

소년 100

소원 101

눈썹달 가다 102

그날까지 104

의심하지 않겠네 106

기도 107

좋은 사람 하나면 108

동명이인 109

샤히라 · 1 110

샤히라 · 2 111

사랑한다면 112

너에게 고마워 113

믿어다오 114

벗은 발 115

주님의 시간 116

로즈마리 118

파랑치마 119

물봉선 120

꽃잎 121

나의 소망 122

단순한 사랑 123

계절 124

숨쉬기 편한 집 125

가을 기다림 126

그만큼 거기서 128

생각만으로도 129

희망 130

몽환 131

너의 사랑 132

저문 날 133

언제까지 134

겨울 차창 135

가을이 온다 136

오지 못하는 마음 137

2014. 11. 30

1부

어제

축복

가랑비 이슬비
가랑비 이슬비
마음에 따라서
이름이 달라진다

고운 사람
있으라고 이슬비
미운 사람
가라고 가랑비

언제나 너는 나에게
이슬비 이슬비
옷이 젖고
마음도 젖는다.

아는지 모르겠다

네가 아는지 모르겠다

예쁜 꽃을 보면
너의 얼굴이 떠오르고
흰 구름을 보면
너의 목소리 생각하는 나의
이 어지럼증

네가 아는지 모르겠다

선물가게 앞을 지날 때면
어김없이 발길이 멎고
기도 시간에도 너의 이름
제일 먼저 부르는
이 어리석음

하나님이 정말 아시는지 모르겠다.

발에 대한 명상

언제부턴지 모르게 너의 발을 만지고 싶었다
언제부턴지 모르게 너의 발을 만지고 있었다

거칠고 어두운 터널을 지나왔음에도 여전히
보드랍고 깨끗하고 말랑말랑하기만 한 너의 발

우리의 인사법은 나의 두 손으로 너의 발을
한쪽씩 정성스럽게 매만져주는 것

그래 수고했다 고생 많았지 이제 조금은
쉬어도 좋을 거야 멈춰도 좋을 거야

너의 발아래 피어나는 무수하게도 많은 꽃나무 꽃잎들
너의 발에 밟히면서도 여전히 일어서는 풀잎 풀잎들

그러므로 너의 발은 그 어떤 꽃나무보다도 어여쁜
　　　꽃나무이고
그 어떤 풀잎보다도 보드랍고 싱싱한 풀잎

차라리 대지 바로 그것!
나의 소원을 이루게 해준 너의 발에게 감사한다.

부모 마음

부모 마음이 다 그래
다른 사람 아이 아니고
내 아이기 때문에
안 그래야지 생각하면서도
생각과는 다르게 속이 상하고
말이 빠르게 나가고
끝내는 욱하는 마음

아이를 몰아세우고
아이를 나무라고
나중에 아이가 잠든 걸 보면
내가 왜 그랬을까
후회되는 마음

새근새근 곱게 잠든 모습 보면
더욱 측은한 마음
사람은 언제부터 그렇게
후회하는 마음으로 살았던가
측은한 마음으로 버텼던가

부모 마음이 다 그래
그래서 부모가 부모인 것이고
자식이 자식인 게지

그게 또 어길 수 없는
소중한 사랑이고
고귀한 약속이고 그럴 거야.

꼼빠니아

꼼빠니아
해마다 날씨 추워지고
겨울이 찾아오면
어김없이 떠오르는 이름 있다
꼼빠니아 꽃 이름 같지만
옷의 이름
딸아이 고등학교 졸업하고
대학생 되었을 때
내가 사준 겨울 외투의 이름이다
엷은 색 밝은 브라운 톤의 여자 외투
그 옷을 입고
대학 시험도 치르고
대학생 생활도 씩씩하게 해냈다
10년도 더 오래 입다가 낡아진 옷
결혼하고 나서도 한참 동안
보관하고 있었는데
언젠가 버렸다 한다
그래도 옛날 사진 뒤적여보면
어딘가 그 모습 남아 있겠지
그리워라 보고파라
어려서 대학생일 때
딸아이 모습
꼼빠니아 꼼빠니아

겨울 외투 입고 수줍은 듯
자랑스럽게 웃고 있는
딸아이 모습
꼼빠니아 꼼빠니아
꽃 같은 이름
어리고도 사랑스러운
딸아이 같은 이름.

빈방

우리가 정녕 만난 일이나 있었을까?
우리가 정녕 사랑한 일이나 있었을까?
그만 한바탕 꿈을
꾼 것 같은 마음

우리가 정말 눈 마주친 일이나 있었을까?
우리가 정말 손잡은 일이나 있었을까?
누군가로부터 솜씨 좋게
속아 넘어갔다는 느낌

아무리 돌아보아도 아무것도
너와 나 사이 남겨진 것이 없어서
다만 새하얀 기억의 길만
멀리 외롭게 뻗어 있을 뿐

나 오늘 너를 이렇게
생각하며 힘들어함을
나의 방은 기억해주겠지
차라리 빈방이 고맙구나.

사랑, 그것은

천둥처럼 왔던가?
사랑, 그것은
벼락 치듯 왔던가?

아니다 사랑, 그것은
이슬비처럼 왔고
한 마리 길고양이처럼 왔다
오고야 말았다

살금살금 다가와서는
내 마음의 윗목
가장 밝고 좋은 자리를
차지하고 말았다

그리하여 우리는
하나가 되었다
너는 내가 되었고
나는 네가 되었다.

추억에게

비행기라도 밤 비행기
비행기 안에서 잠든 너
곤한 눈썹 내리감고
깊이 잠든 너

비행기 의자가 안아주고
비행기 날개가 안아주고
밤하늘의 공기
밤하늘의 별들까지 안아주어
곤하게 잠든 너

어찌 예쁜 그림이 아니었겠니!
그건 아직도 내 마음에
지워지지 않은 채
그대로 남아 있는 그림이란다.

한 아름

바람을 안았다 하자
나무를 안았다 하자
숲을 안았다 하고
산을 안았다 하고
끝내 구름을 안았다 그러자

아차, 그것이 모두 꿈이었고
눈감은 맹목이었다 그러자

어떠냐? 그렇다 한들
좋았지 않느냐?
너에게도 그것이
사랑이 아니었더냐!

네가 없음

어차피 5월
창밖에 손님처럼 찾아와
서성이는 붓꽃

찰랑찰랑 물이 올라
하늘 파랑 그 너머
깊은 바다, 다시 물빛

그 위로 쏟아지는
애기똥풀꽃 빛
샛노랑 꾀꼬리 울음

모든 세상에 오직
여기 하나 없는 사람
너.

데레사 수녀

기도는 하나님께 무엇인가를
말씀드리는 것이 아니라
하나님 말씀에
귀를 기울이는 것입니다

그러나 하나님은 끝까지
아무런 말씀도 없으셨답니다.

너에게도 봄

반쯤만 듣고 반쯤만 보고
나머지는 그리움으로
다시 추억으로

오늘도 너 힘들게 말하네
지금 아이 마중
나왔어요

뛰어가면서 전화를 받네
전화기 너머 자동차 소리
흐르는 바람 소리

지치지 말거라
흐린 날 미세먼지 속
너에게도 봄이다.

인간의 길

이 인간아 이 인간아
어려서 우리 집 아이들
말을 듣지 않을 때마다 저희 엄마
아이들한테 그렇게 말했는데
아이들은 오히려 돌아서서
저희 엄마가 저희에게 욕했다고
속상해하고 섭섭해했다

그 아이들도 이제는 자라
어른이 되어 저희 아이들
말을 듣지 않거나 속을 썩이면
이 인간아 이 인간아
저희 엄마한테서 배운 대로
그 말을 하면서 아이들을 나무라며
가르치며 기르고 있다

결국은
인간이 인간으로 가는 길이다.

발견

눈을 떴을 때
거기 네가 있었다
그냥 별이었다
꽃이었다
반짝임 자체였다
그만 나는 무너지고 말았다
어둠이 되었다
나도 모를 일이다.

옛날 찻집

그 집에
그 사람이 있었다

그 집에
그 마음이 있었다

그 집에
그 차가 있었다

그 집에
그 추억이 있었다

아니다
그 집에 내가 있었다

오래오래
서성였다.

라스베이거스

사막 한가운데
쏟아부은
회색의 건물들

낮에는 사람 그림자
하나 없다가도
밤만 되면 사람들
쏟아져 나오는 도시

사람들이
바퀴벌레 되어서
사는 도시.

백자

작은 바람 하나에도 떨리고
작은 물방울에도 상처가 지는
조그만 호수

세상에는 없는 어쩜
하늘나라에나 있을 것 같은
조그만 악기

애당초 흙이었다가
물을 만나고 불을 만나고
이제는 그 너머의 그 무엇
그것들을 모두 이긴 평화와 고요

조심스러워
바라보기조차 아깝네
어찌 손으로 만질 수 있을까.

쥐똥나무

낮선 고장 낮선 골목
잘 모르는 아파트
울타리 가에
조로록 열매를 맺고 있는 쥐똥나무
초라하기 이를 데 없는 나무
그래도 생각한다
이 나무에게도
봄은 또다시 왔다 갔구나
꽃피는 시절이 있기는 있었구나

지나는 사람들
나를 보고서도
그렇게라도
생각해줬음 좋겠다
우리에게도 사랑하던 시절이 있었지
아니 나는 지금도 사랑하고 있지
사랑받고 있기도 할 거야
누구나, 누구에게서는 그런 것처럼.

2019. 11. 30 새벽에

자투리란 말

자투리, 자투리란 말은 예쁜 말이다
좋은 말이다
옷감 자투리, 시간의 자투리, 땅의 자투리
다 좋은 용처다
얼마나 예쁘고 사랑스러운가
나머지란 뜻이다
본래의 것은 다 있고 조금 남는 것들을 가리킨다
그렇지만 이런 좋은 말도 인생이란 말에다 붙이면 안
    된다
자투리 인생, 말도 안 되는 말이다
인생은 어디까지나 그 자체가 시작이고 끝이며 본질이다
방송으로 쳐도 재방송이 아닌 본방송이다
왜 자투리 인생인가?
예를 들어 병원에서 중병 앓고 나온 사람
그날부터 자기 인생이 자투리 인생이라 여겼다면
그대로 그것은 자투리 인생이 될 것이다
잊지 말아야 할 일이다.

또 하나 사랑

너는 키가 작고 몸집이 통통하고
머리칼이 긴 아이
너를 알고 난 다음부터는
키가 작고 몸집이 통통하고
머리칼이 긴 여자아이 뒷모습만 봐도
왈칵 반가운 마음에
달려가 얼굴을 확인해보고 싶었다
지내고 보니 그동안
내가 사랑한 것은 네가 아니고
내 마음속에 이미 들어와
살고 있는 또 다른 아이
키가 작고 몸집이 통통하고 머리칼이
긴 아이였다
그것도 앞모습이 아니라 뒷모습이었다.

춘천 가는 길

가는 길이 멀다
비까지 뿌리는 험한 날씨
가을에도 봄이라는 도시
호반의 고장이라는 도시

과연 가을의 봄은 있을까?
소문처럼 호숫가에
긴 머리칼 드리우고 기다리는
여인은 정말 있을까?

내 초라한 인생 같은 길
가는 길이 가늘고도 길다
나 허탕 치고 돌아오라고
멀리멀리 손짓하며 열린 길.

공주에 오시면

공주에 오시면
여자분은 누구나
공주님 되구요
여자분과 함께 온
남자분은 왕자님 되지요

부디 공주에
자주 오세요
공주님 되고 왕자님 되러
공주에 자주 오세요

외지에서 오신
손님들 보면
늘 하는 말씀이랍니다.

아들

어린 아들이 속을 썩일 때
젊으신 아버지 마음을 생각했다

나이 든 아들이 아직도 마음에 들지 않을 때
늙으신 아버지 마음을 떠올렸다

예수님은 결혼도 하지 않고
자식도 없어서 모르셨겠지만

부처님은 결혼도 하고
자식도 있어서 힘드셨겠다

그래서 이름도 라훌라
고난의 씨앗.

아들에게

너의 행복이 나의 행복은 아니지만
너의 불행은 분명 나의 불행이란다
부디 잘 살아야지
부디 많이 사랑하고
부디 많이 부드러워져야지
내려놓을 것이 있으면 내려놓고
참을 수 없는 것도 때로는 참아야지
기다릴 만큼 기다려야지
세상을 늘 새롭게 바라보고
작은 일도 감사와 감동으로 받아들여라
굳이 사랑한다는 말은 하지 않으마
많이 너를 생각하고 걱정한단다
이것만은 알아다오.

반성

아가야 미안해
곱게 잠든 네 얼굴을 보면
엄마가 더 미안해

엄마가 왜 너에게
화를 내고 꾸중을
했는지 모르겠어

꿈나라에서라도
꾸중 듣지 말고
웃으며 뛰어놀아라

내일 아침 네가
잠에서 깨어나면
엄마가 더 잘해줄게.

잠시 만남

너 만나고
헤어진 게
마치 꿈만 같아

그러나
꿈이 아니어서
다행이지 뭐니

꿈이라면
두 번 다시
같은 꿈
꿀 수 없지만

꿈이 아니기에
다시 만날 수 있고
혼자 오래
생각할 수도 있으니 말야.

너를 보낸다

잘 가고 있겠지
그래 잘 가고 있을 거야

어디만큼 갔을까?
그래 거기만큼 가고 있을 거야

내가 모르는 장소
내가 모르는 시간

하늘 보며
하늘의 구름 보며

너를 꿈꾼다
손을 흔든다.

가볍게

모르는 것도 가볍게
처음 해보는 일도 가볍게
낯선 사람하고도 가볍게
낯선 곳을 찾을 때도 가볍게
익숙한 일은 더욱 가볍게
그렇게만 살 수 있다면
얼마나 좋았을까?

미안해

일없이 얼굴 보고 싶고
일없이 목소리 듣고 싶고
일없이 이야기하고 싶고

금방 보았는데 또 보고 싶고
금방 전화 끊었는데 또 걸고 싶고

참 미안해
너에게 미안해
힘들게 해서 미안해.

너에게 감사

네 생각만으로도
살아야겠다는
싱그런 결의가 생긴다

네 얼굴
네 목소리
네 이름만 떠올려도
세상은 반짝이는 세상이 되고
아름다운 세상이 된다

풀잎 하나하나
꽃송이 하나하나마다
겹쳐지는 너의 얼굴
떠오르는 너의 목소리

참 이건 아름다운 비밀이고
알 수 없는 요술
그러니 너에게 감사하지
않을 수 없어

날마다 날마다가 아니야
순간순간 감사하지
않을 수 없어.

셔터의 유혹

찰칵, 셔터를 누르는 순간
그 꽃은 나의 꽃이 되고

찰칵, 셔터를 누르는 순간
너는 나의 아이가 되지만

또다시 꽃을 훔치고 싶어 하고
너를 훔치고 싶어 하는 나는 누구냐?

꽃 앞에서 네 앞에서
목이 말라 허둥대는 나는 산짐승

나의 샘물은 어디쯤 있는 것이냐!

너 가다가

너 가다가
힘들거든 뒤를 보거라
조그만 내가
있을 것이다
너 가다가
다리 아프거든
뒤를 보거라
더 작아진 내가
있을 것이다
너 가다가
눈물 나거든
뒤를 보거라
조그만 점으로 내가
보일 것이다.

2부

/

오늘

휘청

네 앞에서 휘청
나는
피사의 사탑

내 앞에서 휘청
너도
피사의 사탑

우리는 하루 종일
서로한테 반해서
휘청

피사의 사탑
두 개가 휘청
그리고 또 휘청.

눈을 감는다

공주에서 서울은 북쪽
네가 사는 서울은 북쪽
북쪽을 바라보면
오로지 너의 생각

잘 있겠지
잘 있을 거야
어려서도 너는 아빠의 꿈
자라서도 너는 아빠의 자랑

말하지 않는 말까지
들어줄 줄 아는 아이
하나밖에 없는 딸
하나밖에 없는 영혼의 도반

잘 있겠지
잘 있을 거야
북쪽 하늘 보면서 나는
잠시 눈을 감는다.

하루의 시작

배가 아프다
어딘지 모르게 깊은 곳으로부터 아픔이 온다
더 이상 누워 있을 수 없어 자리에서 일어난다
물을 끓여야지
따뜻한 물을 마시면 좋아질 거야
따뜻한 물 한 잔을 천천히 마신다
몸이 살아나고 아픔도 조금씩 사라진다
고맙습니다, 감사합니다
이렇게 하루를 시작해보는 거야
하루하루가 모여 한 달이 되고 일 년이 되고
일생이 되는 거야
이것은 일상
이것은 일생
감사한 마음으로 하루를 시작해본다.

아침 커피

어젯밤에도
네 생각하느라
잠을 설쳤다

조금은 피곤하고
나른한 아침

커피 한 잔으로
몸을 깨우고 다시
네 생각을 깨운다

창밖에 부신 햇살
졸린 눈을 더욱
무겁게 누른다.

새벽 감성

작정한 일 없는데
새벽마다 잠이 깨어

울먹이는 마음
너를 생각해

어제도 그랬는데
오늘도 또 그래

잘 있겠지
잘 있을 거야

어제도 나에겐 너의 날
오늘도 나에겐 너의 날

기도는 거기서부터
시작이고 끝이란다.

아침에

어렵게, 어렵게 잠에서 깨어
거실의 화분을 본다
시퍼렇게 살아 있는 초록빛
아, 나는 아직 살아 있구나

창문을 열고 바깥을 본다
초록빛 철철 넘쳐나는 앞산 이마
시원한 바람과 함께
꾀꼬리 뻐꾸기 울음소리

더 멀리 허허롭게
허공을 울리는
검은등뻐꾸기 울음소리
오늘도 나는 하루
네 생각하면서 잘 살아남아야겠다.

멀리 기도

별일 아니야
다만 목소리 듣고 싶어서
전화했을 뿐이야
전화 걸면 언제나
동동거리는 목소리
아이들 밥 먹인다고
아이들 재운다고
설거지하는 중이라고
때로는 운전 중이라고
힘에 겨운 음성
이쪽에서 듣기도 힘에 겨워
그래,
다만 목소리 듣고 싶어서
전화했을 뿐이란다
이따가 시간 나면
전화한다고 그랬지만
그럴 필요는 없어
짧게라도 목소리 들었으니
그냥 그것으로 안심이야
너 부디 거기 잘 있거라
아이들이랑 너무 지치지 말고
너무 힘들어하지 말고
잘 살거라, 잘 지내거라

그것만이 바램이다
멀리 기도한다.

물든다

내가 안다
네가 내 앞에서
가장 예쁜 얼굴을 하고
가장 예쁜 눈짓을
보여주고 있다는 것을

내가 안다
네가 나한테는
가장 고운 목소리로 말하고
가장 깨끗한 웃음소리를
들려주고 있다는 것을

그냥 여기 있어도
나는 물든다
물들고 만다
네 예쁜 얼굴에
예쁜 눈짓에
아주 멀리 있어도
나는 무너진다
무너지고 만다
네 고운 목소리에
깨끗한 웃음소리에

나 지금 타고 가는
기차
차창으로 보이는
산과 들과 강물과 하늘은
온통 너이다

더구나 소낙비 잠깐 그치고
거짓말처럼 하늘에 걸린 무지개
저건 분명 너이다
네가 보낸 소식이고
또 하나의 약속

물든다
물들고 만다
물들지 않을 수 없다
여름 들판 초록에 물들고
너한테 물든다.

보고 싶어요

젖 떨어진 아이처럼
그대가 그리워요
보고 싶어요

목소리라도 듣고 싶은데
늘 내 앞에 너무 많이
없는 그대

내 앞에 너무 오래 바람이고
그냥 빈 하늘이고
그 하늘에 구름인 그대

그대 내 앞에
있었으면 좋겠어요
그대가 너무 보고 싶어요.

모두가 네 탓

해가 뜨고 달이 떠도
나는 모르는 일이다
꽃이 피고 풀이 푸르러도
나는 모르는 일이다

모두가 네가 시켜서 하는 일이다
네가 있었기에 일어나는 일들이다

바람이 불어도 그것은
네가 하는 일이요
바람 뒤에 묻어오는 향기
그것도 네 마음의 표식

모두가 네가 시켜서 하는 일이다
네가 있었기에 일어나는 일들이다
내가 오늘 이렇게
기분이 좋은 것도
하늘 땅끝까지 살고만 싶은 것도
모두가 네가 시켜서 하는 일들이다

모두가 네 탓이다
모두가 내 탓이 아니다.

개망초

예쁘다 말하지 않아도
예쁜 꽃

오라고 청하지 않아도
오는 꽃

7월에
7월이 오는 길목에

대낮에도
새하얀 등불을 들고

저 혼자서도 웃는 꽃
신부 차림 웨딩드레스

네 얼굴이 겹쳐진다
보고 싶다 보고 싶었다고.

하필이면

산 굽이굽이 돌고 돌아
산벚꽃 복사꽃
얼굴 빼끔히 내밀고
알은체하는 산모롱이
다시금 산모롱이

돌고 돌아 하필이면
거기
풍경이 너무 아름답고
꽃과 나무들 너무 예뻐서
슬픈 곳 거기

있어야 할 사람 오직 한 사람
거기 없어서 더욱 슬픈 곳
누군가 한 사람은
땅거미 지는 시각
저무는 강물 보며
강물 되어 울고 있겠지.

기다림

어떻게 하자는 것이 아니다

그냥 보고 싶다는 것이고
그냥 생각난다는 것이고
그냥 네 생각만으로
한자리 오래 한자리
앉아 있고 싶다는 것이다

너는 도대체 나에게
행운이었던 거냐?
우연이었던 거냐?

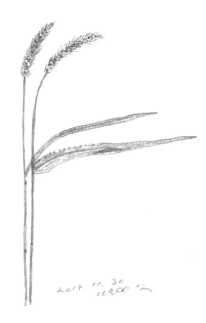

바람 때문에

아침에 잠 깨어보니
마당 위에 길바닥에
흩어진 꽃잎, 꽃잎

흐린 하늘 등에 지고
흐드러진 복사꽃
벚꽃, 벚꽃

꽃잎 때문에
눈물 난 것이 아니란다
바람 때문에

꽃잎 뒤에 꽃나무 뒤에
어른대는 바람 때문에
네 향기 때문에

눈가에 눈물이
조금 번진 거란다
그것도 아니야

바람이 데리고 오는
네 생각 때문에
눈물이 조금 번진 것뿐이란다.

*

올해도 이렇게
쓸쓸히 허전하게
봄날이 가네

네 얼굴 한 번
보지도 못하고
봄날이 저무네

나 어찌할까 몰라.

드라이브

꽃인가 눈인가
하늘 눈물인가
펄펄
날리는 나비
차창에 부딪는 나비

오지 않겠다고
가지 말자고
우기고 우겼지만
너한테 다시 져서 따라온
호반 길 벚꽃 터널

끝내 나를 데리고 온
너의 고집이 고맙다
너를 사랑한 것을 이제는
후회하지 않아도 좋겠다.

사치

빗물이 눈물처럼
내린다

눈물이 빗물처럼
쏟아진다

오늘은 너의 얼굴이
그대로 하늘이다.

황혼 무렵

너 떠난 후
나는 무어냐?

멍하니
서 있는 나무

길가에
버려진 돌멩이

한 번이라도 제발
돌아보아다오

이렇게 서 있는 내가
느껴지지도 않니!

고마움

아무리 힘들어도 오늘 하루
너 때문에 참는다
네 생각으로
하루를 견딘다

더운 날 덥다 덥다 그래도
네 생각 가슴에 담으면
더위가 가시고

추운 날 손이 시립고
볼이 시려워도
네 생각 가슴에 품으면
추위도 풀린다

오늘 하루도
네 생각으로 하루를 견딘다
하루가 아름답고 그림 같다
고마워.

커피 향 앞에

이렇게 맛이 깊고
좋은 음료인 줄
보다 일찍 알았더라면
나 즐겨 중독자가 되었을
것입니다

하지만 하나님
커피 향보다 당신에게 먼저
중독되었음을 오늘 나는
고백하지 않을 수 없습니다

중독이란 단어를
부디 관용하소서.

전화 건 이유

날이 갰다
베란다 열고
빨래 말려

마음도 열고
마음도 말려
우울도 말리고

눅진한 느낌
멀리 날려 보내
바람에게나 줘.

여름 골목

가끔은 골목길에
낯선 처녀 아이들이
스쳤다

검은 원피스 차림에
드러난 팔과 다리
눈부신 순백색

여름 휴가철 맞아
더 큰 도회에서 온
아이들일까?

그때쯤이면 봉숭아꽃
소낙비 맞고 폈다
무궁화 꽃도 연분홍
볼을 붉혔다.

플레트홈

졸다가 깨다가
기차에서 내린 밀양역
고즈넉한 플레트홈

목백일홍 진홍빛 수풀에
따르르 매미 소리
귀가 따갑다

따가운 매미 소리
햇빛을 더욱 따갑게 하고
햇빛은 또 매미 소리를
더욱 맑게 한다

햇빛과 매미 소리가 거들어
멀리까지 펼치는 강물
나도 따라 그 강물 따라
더욱 멀리 가고 싶었다.

낯선 바람

치마 검정 치마가 나부끼고
머리칼 검은 머리칼이 나부낀다
따라서 새하얀 다리 새하얀 팔뚝
새하얀 살이 나부낀다
바다가 된다
골짜기가 된다
한 번도 가보지 않은 땅
풀밭이 되어 어푸러지고 싶어 한다.

여름 여자

찰랑찰랑 여름 여자
어디를 가나요?
물고기 노는 데 가요
바람 노는 데 가요
나무들한테 가요

써스룩 검정색 통치마
분홍색 얇은 블라우스
걸치고 가요

찰랑찰랑 여름 여자
잘 갔다 오세요
기다릴게요.

성공

나는 지금도 가고 있는 중이야
나는 지금도 두리번거리고 있는 중이야
내가 모르는 곳
내가 모르는 사람들 찾아서
지금도 가고 있는 중이야
다만 아는 건 누군가가 나를
기다리고 있다는 것
그 사람이 좋은 사람이라는 것만 알아
나는 지금도 서 있는 중이야
나는 지금도 다리가 아픈 중이야
그래도 좋아 왜냐면
나는 지금 내가 만나고 싶은 나를
만나러 가는 길이니까 말이야.

그대의 시

그 말씀이 그대로 시이구려
세상이 너무 빠르고 바라는 게
사람마다 너무 높지요
조금쯤 주위를 살피고
속도도 늦추어야 하지 않을까요
서로가 서로의 마음에 부대끼어
상처 입고 쓰린 자국
쓰다듬어주고 위로해주고 감싸 안아주고
그렇지요 서로가 좀 참아주고 기다려주고
서로의 숨결을 들어주며
내가 곁에 있어요
너무 힘들어하지 말아요
우리 함께 가요
그러면서 고달픈 길 가면
조금쯤 위로가 되고
힘든 날들이 좋아지지 않을까요
오늘도 더운 여름날 하루
해가 설핏 기울었습니다
그림자 길어지고 마음도 길어집니다
그리움도 멀리 갑니다
멀리 있어서 그리운 당신
좋은 말씀 들려주시어 감사합니다
오늘도 편히 쉬시지요

힘든 날 고역을 내려놓고 편히 쉬시지요
주신 말씀 구절구절이 그대로 시입니다
그냥 그대로 당신이 주시는 시입니다.

슬이에게

너는 몸이 예쁘고 마음도 예쁘다
말랑말랑하고 한없이 부드럽고 깊다
향기롭기까지 하다
넓은 들판과 같고 유연한 강물과 같다
바다와도 같다
아니, 작은 바람에도 울리는 좋은 악기이다
너의 몸을 울리고 싶다
너의 마음을 울리고 싶다
세상에는 없는 꽃이 피어나고
세상에는 없는 소리가 나겠지
나의 몸도 잠시 예뻐지고 나의 마음도 예뻐진다
고마운 일이다.

다시 만날 때까지

미쳤지
금방 만나고 헤어졌는데도
자꾸만 돌아다 보이는 마음
헤어진 자리로 돌아가고 싶은 마음
그래도 정신 차리고 잘 돌아가야지
보고 싶은 마음 잘 데리고
돌아가야지
그래야 다음에 또 만나지.

부산역

번번이
태풍 소식을 안고 만나러 간다
부산역
기차에 내리자마자
몰아치는 비바람
저만큼 꽃 한 송이 폈다
비 오는 날에 파랑 치마
그것도 맑은 하늘 진파랑 치마
왈칵 기울어지는 마음
부산 앞바다가 한꺼번에
가슴으로 안겨온다.

바다를 준다

가슴속 깊이 마셔지는
습하고도 후끈한 공기
내가 살아 있다는 느낌

코끝에 얹혀지는
조금은 삐딱한 비린내
내가 싱싱하다는 느낌

가끔은 시원한 푸른 바람
나에게도 날개가 있으면
얼마나 좋을까 그런 상상.

너에게 안녕

어떻게 지내니? 물어도
힘이 없는 목소리
언제 올 거야? 다시 물어도
글쎄요 심드렁한 말투

힘내라 힘내
우리 공주님
다시 한번 봄이 왔다가
봄이 물러갔지 않았니?

머지않아 여름
덥고 짜증도 나겠지만
힘 있게 씩씩하게 살아야지
그래야 다시 만나지

여름에도 만나지 못한다면
가을에라도 만나야지
오늘도 안녕 부디 안녕
흐린 하늘 보고 인사를 한다.

신기루 같은 것이라도

언젠가는 너 없이 살아갈
날들을 생각한다
네가 나를 떠난 뒤에 견디며 살아갈
날들을 떠올려본다

아마도 사막 길, 모래밭
팍팍한 그 길을
가고 가도 물이 없는
날들이 이어질 것이다

그런 날에도 부디 나는
실망하지 않기를!
나 살고 있는 이 세상 어디쯤
너도 숨 쉬며 살고 있다는 사실
그것만으로도 큰 위로가 되기를!

차라리
신기루 같은 것으로라도 되어
가끔은 네가 하늘에 어려줄 것을 믿는다
거짓말이라도 좋으니 손 까불러
나를 불러줄 것을 바란다.

너라도 있어서

오늘까지만 슬퍼하고
내일은 슬퍼하지 말자
오늘까지만 괴로워하고
내일은 괴로워하지 말자

내가 나에게 주문을 걸어보고
내가 내 어깨를 쓰다듬으며
위로해본다

내일은 분명 좋은 해가 뜰 거야
좋은 바람이 불어줄 거야

나는 지금 서울의 한구석
어둑한 찻집의 한구석
젊은 아이들 떠드는 소리를 들으며
너를 생각하고 있는 중이다

이런 때 생각나는 이름 하나
너라도 있어서
얼마나 다행한 일이냐….

나의 직업

늘 너한테 섭섭해
전화해도 잘 안 받고

늘 너한테 안타까워
카톡 하면 아예 대답도 없어

그래도 나는 어쩔 수 없어
너의 생각 멀리 보낼 수 없어

전화기 너머
카톡 문자 너머

오늘도 너를 생각하는 것이
나의 직업이란다.

모를 일

만나자고 그러면
잘 만나주지 않고
전화 걸어도 잘 받지 않고
카톡 보내면 대꾸도
하지 않던 그 아이
이제 그만 만나자 그러니
고개 숙이고
이제는 전화 걸지
않을 거라 말하니
눈물이 글썽
드디어 탁자 위에 뚝
한 방울 눈물
그건 또 왜 그런지
모를 일이다.

흰 구름

흰 구름아 반갑다
작년 이맘때
헤어진 사람
다시 만난 듯
새하얀 얼굴
새하얀 미소
다시 본 듯 반갑다

흰 구름 보면
누군지도 모르고
그리운 마음
누군지도 모르고
보고픈 마음
올해도 이렇게
여름이 간다

흰 구름 속에
붉은 꽃 백일홍꽃
보라 꽃 봉숭아꽃
어울려 여름이 간다
그리운 사람
그리운 생각도
따라서 간다.

3부

/

그리고
내일

원점

오늘은 월요일
새로 일주일
여행을 떠납니다

오늘은 1일
새로 한 달 치
여행을 떠납니다

오늘은 1월 1일
1년짜리 조금은
긴 여행을 떠납니다

언제나 무사히
한 바퀴 돌아
이 자리로 오게 하소서.

사랑은

사랑은 두 사람이
마주 보는 것이 아니라
나란히 앉거나 서서
한 곳을 바라본다는 말 맞다
두 사람이 나란히 앉거나 서서
아니면 서서
같은 곳을 바라보고
같은 소리를 듣고
때로는 같은 생각을 하며
조금씩 조금씩 상대방을
닮아간다는 것!
그것이 사랑이 아닐까
얼굴 표정도 닮아가고
목소리도 닮아가고
생각도 닮아가고
끝내는 사는 모습이며 몸짓까지 닮아
그래서 끝내는 편안해지는 것
그것이 아닐까?
저녁놀 들판이 그러하고
아침의 바다가 그러하고
늘 보던 산길의 숲이 또한
그러한 것처럼 말이다.

지구 떠나는 날

할 일을
다하지 못하고 갑니다

만나고 싶은 사람
다 만나지 못하고 갑니다

아닙니다
아닙니다

당신 사랑
다 받지 못하고 갑니다.

그 자리에

사는 게 꿈이지
그래 꿈이야
꿈이래도 잘 살아야지
그래 잘 살아야지

앞에 앉아서
웃고 있는 너도 꿈이야
그래 꿈이라도
너는 예뻐야지

오래오래 그 자리서
예뻐야지.

소년

유럽에도 없는 유럽
꿈꾼다 공주에서는
세상에는 없는 여자아이 하나
열여섯 살 때부터 그랬다
그 힘으로 일흔 살까지
버텼다

조금은 더 버틸 것 같다.

소원

길게 될수록 길게
드리는 말씀

짧게 될수록 짧게
한 말씀 하신다

그래,
네 맘대로 하거라.

눈썹달 가다

겨울이라도 첫눈 내리는 날
장갑 벗고 눈을 털며
찾아 들어가
차 한 잔 마시고 싶은 집

차라도 맑고 향기로운 차
풀잎이 제 몸을 우려
여린 봄빛인 차
청하지 않았음에도
주인은 가져다주는 집

만날 사람 없어 혼자인 날
도란도란 개울가
물소리까지 정다운 집
정지되어 오히려 마음 편한
시간들 만나러 가리.

2019. 11. 30

그날까지

줄에 앉은 산새 세 마리

할 얘기도 없으면서
재잘재잘 한나절
꼬리를 깝작대며
저희끼리만 즐겁다

벤치에 앉은 처녀 아이 셋

별 얘기도 아니면서
한동안 깔깔대며
검고 긴 머리 쓸어내리며
저희끼리만 재미난다

오늘은 모처럼 하늘 맑고
바람까지 시원한 날
너는 여전히 멀리 있고
나는 여전히 너를 생각한다

산새 세 마리 앉았다
훌쩍 떠난 전깃줄
처녀애들 그만 돌아간 벤치
내 마음이 대신 가서 앉아본다

잘 있겠지
잘 있을 거야
언제 다시 만날지는 모르지만
그날까지, 그날까지.

의심하지 않겠네

나 많이 어리석어
주님을 몰랐었네
말로만 안다 하며
참말로 몰랐었네

벼랑 끝에서
구해주신 하나님
나의 하나님
놀라워라 고마워라
나의 주 나의 하나님

작은 바람에도
흔들리는 나의 영혼
주님께 맡기겠네
의심하지 않겠네.

기도

다만
공손히 고개 숙인 이마

다만
곱게 내려 감은 눈썹

다만
아멘으로 답하는 입술

예쁘다
다만 예쁘다.

좋은 사람 하나면

일생을 돌이켜보면 몇 사람
참으로 정답고 아름다운 이름
내게 있었네
그 가운데서도 첫 번째 이름은
그대

그대 이름 가슴에
품고 살던 날들이 따스하고
가득하고 정답고 좋았네
꿈결 같았네

그대 이름 하나 생각하면
차가운 겨울날인데도
가슴이 저절로 따뜻해지네
문득 꽃이라도 피어난 듯
설레네

좋은 사람 하나면
겨울도 봄이란 말이
결코 허언이 아니네
오래 거기 평안하소서
그대 위해, 또 나를 위해서.

동명이인

예쁘지 말라는데
한사코 예쁜 여자여

가지 말아달라는데
뿌리치고 떠나는 여자여

얼치기
루 살로메여

떠날 테면 네
커다란 두 눈 안에

세상의 모든 슬픔이며 괴로움
그거라도 가지고 떠나가다오.

샤히라 · 1

보고 싶다 많이
목소리 듣고 싶다 많이
크고도 맑고도 깊은 눈
차랑차랑 물소리 같은 음성

그러나 너무 멀다
너무 막막 아득타
바람으로도 가까워질 수 없고
달빛으로도 닿을 수 없는 거리

차라리 바다 밑 가라앉아
천년 산호나 되거라
하늘로 솟아올라
별 떨기나 되거라

어느 순간 어느 사이
기도의 시간이라도 마련된다면
다시 만나기를 바라리
별빛으로라도 다시
반짝이기 바라리.

샤히라 · 2

처음 만났을 때
서먹하고도 차가웠던
손, 손가락

헤어질 때 다시 잡아보니
따스하고 부드러워
차마 놓아주기 어렵네

가슴에 안겨 뭉클
울먹이고 나서
하늘 보며 커다란 눈
눈썹 끝 이슬도 머금었네.

사랑한다면

사람도 꽃으로
다시없는 꽃으로
피어날 때 있다

사람도 하늘로
맑고 푸른 하늘로
번져갈 때 있다

사람도 바다로
탁 트인 바다로
열릴 때 있다

사랑한다면
사랑하는 사람 옆에서
사랑하고만 있다면.

너에게 고마워

너에게 고마워
나는 언제나 마음속으로
생각하고 그리워하는
사람이 없으면
살지 못하는 사람

지금은 네가 바로 그 사람이야
네 생각으로 하루하루를 살아
아니 하루하루를 견뎌

사람에겐 누구나
마음을 내려놓을 곳이 필요하고
마음을 맡길 사람이 있어야 하거든

네가 사는 곳이
내가 마음을 내려놓을 곳이고
멀리서 사는 네가 바로
마음을 맡길 사람이야

맡길 곳 없는 마음
맡아줘서 고마워
너에게 고마워.

믿어다오

너의 손을 들어
내 볼에 대 보아도
괜찮겠니?

너의 손을 잡아
내 가슴에 대 보아도
괜찮겠니?

볼이 뜨겁고
가슴이 콩당콩당
뛰고 있을 거야

그게 모두 네가
좋아서 그런 거란다
믿어다오.

벗은 발

네 벗은 발이 내게
부끄럽지 않을 때까지

내 벗은 발이 또 네게
부끄럽지 않을 때까지

그것이 믿음
또 하나의 사랑

부끄럼도 사랑이고
믿음은 더욱 사랑이기에.

주님의 시간

어두워져 가는 저 들판에
나무숲 우거진 곳 과수원
과일나무에 과일들 익어
푸릇푸릇 살이 오르는데
아직도 돌아가지 못하고
과일나무들 돌보고 있는 한 젊은 농부
그에게 축복 있으라

농부의 발 아래 통통 튀는
초록빛 아기방아깨비 형제
가까운 논 우북이 자라가는
벼 포기 사이사이
저녁 끼니로 물고기 찍으러 와
아직도 돌아가지 못한 하얀 새 두엇
백로에게 축복 있으라

이 세상 모든 저물어가는 것들
어둠에 둘러싸이면서도 한 점
불평이 없는 모든 것들에게
평화 있으라 안식 있으라

오늘도 어렵사리 하루의 약속을 이루고
기차 타고 버스 타고 한사코

오래 묵은 아파트로 돌아가는
한 늙은 남자의 귀가에도
평안 있으소서 축복 있으소서

깊은 밤에도 밖에서 돌아오는
식구 한 사람을 기다려
아파트 문 걸지 못하고 잠들지 못하는
한 늙은 아낙의 기다림에도
축복 있으소서 평안 주소서

드디어 주님
오늘도 주님의 저녁
주님의 시간입니다.

2014. 11. 30 이제오름

로즈마리

아름다운 로즈마리
너를 사랑해
아름다운 로즈마리
너를 생각해
너를 사랑할 때 로즈마리
더욱 예쁘고
너를 생각할 때 로즈마리
더욱 사랑스러워

하루 종일 이제는
로즈마리 생각
구름 봐도 로즈마리
꽃을 봐도 로즈마리
바람 속에서도 로즈마리
느껴요 만나요 가슴에 안아요
바람이여 구름이여
멀리멀리 전해주세요.

파랑치마

비 오는 날에 파랑치마
태풍 속에 파랑치마
파랑 하늘 그리워

우울한 날에 파랑치마
슬픈 날에도 파랑치마
넓고 푸른 바다 보고파

나비 나비 날아라
파랑 하늘 날아라
넓은 바다 날아라

하늘 같은 파랑 마음
바다 같은 넓은 마음
보고파 네가 보고파.

물봉선

골짜기 산골짜기
사람 발길 뜸한 곳
물가에 개울물가에
물봉선 물봉선꽃
숨어서 핀다

사람의 눈길만 닿아도
수줍어 고개를 꼬고
산들바람 새소리에도
하르르 하르르
꽃송이 떨군다.

꽃잎

수줍어 다문
입술

많은 말을
감춘 입술

그러므로 더 많은
말을 하는 입술

떨림 하나로 오직
눈부심 하나로.

나의 소망

별일 아냐, 다만
목소리 듣고 싶어서
전화했어

별일 아냐, 다만
너 지금 뭐하고 있나
궁금해서 전화했어

목소리 들었으니 됐어
뭐하고 있나 알았으니 됐어
오늘도 하루 잘 있기 바래
잘 견디기 바래

운이 좋으면 다시 만나기 바래
다음에도 웃으며 만나기 바래
내 소망은 거기까지야.

단순한 사랑

가을이 어서 왔으면 좋겠다

가을 길 햇빛을 따라
네가 웃으면서
내게로 올 것만 같아서

여름이 어서 갔으면 좋겠다

가을의 옷자락을 밟으며
내가 웃으면서
너를 만나러 갈 수 있을 것만 같아서.

계절

강물을 건너고 말았다
한 번 건너면 다시는
돌아올 수 없는 강물

이제는 완벽히 네가
그쪽 사람이 되었다는
증거다

부디 잘 살아라
이쪽 사람 생각하지 말고
그쪽 사람들하고만
잘 살아라

그렇지만 말이다
이것만은 잊지 말아라
한 시절 내가 너를
가장 사랑하는 사람이었다는 것!

꽃이 피면
너의 마을에도
봄이 온 줄 알고
눈이 내리면 너 사는 곳에도
겨울이 왔음을 짐작하마.

숨쉬기 편한 집

기억나니? 공주 한복판 옛날의 거리
버려진 골목길에 들어 있는 찻집
루치아의 뜰
루치아란 세례명 가진 아낙네가
주인인 집

무엇보다도 차 맛이 좋고
차를 마시면서 대접받는 것 같은
느낌을 갖게 해주는 집
아니 그보다도 멍하니
아무 생각도 없이 앉아 있기 좋고
숨쉬기 편한 집

다음에도 우리 거기서 만나자
너랑 처음 만나서
이야기 오래 나눈 집
네 맑은 눈을 오래 들여다보던 집
한동안 안 가면 그리워질 거야
생각나거든 문득 공주에 와.

가을 기다림

보고 싶어도 참아야지
어쩔 수 없어
네가 올 때까지 참아야지
네가 소식 줄 때까지 참아야지

생각 속에서만 너를 만나야지
전화 줄 때까지 참아야지
그러면서 나는 조금씩 너에게로 간다
조금씩 네가 되기도 한다

꽃을 보면서 너를 만난다
나무를 보면서도 너를 만나고
바람 속에서도 너를 느낀다

아, 좋다 이 바람!
네가 보내준 것인가
바람 속에서 바다 냄새가 난다
바람 속에는 꽃의 향기가 숨었다.

2018. 11. 30
cond

그만큼 거기서

더는 아니지, 그래
그만큼 거기서
안타까운 대로 마음을 접고
그쪽으로 건너간 마음은
그냥 그대로
거기서 편히 살라고 하고

비 오는 날의 버스 정류장
그것도 낯선 고장의 거리
비 맞은 채 손 흔드는
풍경들 그대로
그 사람도 그만큼
거기에 세워두고
마음의 손을 흔든다

사랑은 그만큼 거기서
그냥 그대로 있으라고
눈물겹지만 그대로
잘 살아 있으라고

따스한 숨결 세상에
남아 있을 때까지.

생각만으로도

그 애와 헤어져 혼자인 시간
그 애 생각만 해도
가슴이 찌릿하니 아프다

언젠가는 더 오래
그 애를 못 보고 살 날이 있을 것이다
생각만으로도 가슴이 아릿하다

아주 그 애를 영영 못 보고
살 날이 있을지도 모른다
생각만으로도 가슴이 까마득하다

그 애를 안 보고서도
나는 살 수 있을 것인가?
이것은 앞으로 내가 풀어야 할
힘든 과제이고 넘어야 할 산이다.

희망

오늘도 너를 만남이
하루치의 축복이고
기쁨이다

자라다가 만 키
잘록잘록한 팔과 다리
그러나 치렁한 머리칼

내일도 너
다시 만나는 것이
또다시 희망이다

그것이 하루치의
살아있음의 의미이고
감사이다.

몽환

만지기만 해도
손바닥에 묻어날 것 같은
꿈

안기만 해도
개울물 되어 스러질 것 같은
몸

눈을 감으면 보이고
눈을 뜨면 보이지 않으니
이걸 어쩜 좋단 말이냐!

너의 사랑

어떻게 이런 걸 다
봤을까?

네 옆에 나를
세워 놓고 사나 봐

나의 눈으로 보고
나의 귀로 듣고

나의 마음으로
생각하나 봐

미안해 나는
늘 그러지 못해서.

저문 날

예슬아 예슬아
이름만 불러도 나는
마음이 부드러워져

예슬이 예슬이
생각만 해도 나는
마음이 밝아져

태풍 속에 기차 타고
멀리 갔던 마음 좀처럼
돌아오려 하지 않는데

오늘도 하루 이렇게
더듬거리며
날이 저무는데.

언제까지

네 모습 보기만 해도
찌릿하니 아린 가슴

네 목소리 듣기만 해도
화들짝 놀라는 마음

내 마음은 네가 피우는 꽃
네가 빗장 열어주는 하늘

흰 구름 흘러가고
바람 지나가고

온갖 어지러운 생각들
찾아왔다가 떠나가고

내가 언제까지 네 앞에서
이럴라나 모르겠다.

겨울 차창

너의 생각 가슴에 안으면
겨울도 봄이다
웃고 있는 너를 생각하면
겨울도 꽃이 핀다

어쩌면 좋으냐
이러한 거짓말
이러한 거짓말이 아직도
나에게 유효하고
좋기만 한 것

지금은 이른 아침
청주 가는 길
차창 가에 자욱한 겨울 안개
안개 뒤에 옷 벗은
겨울나무들

왜 오늘따라 겨울 안개와
겨울나무가 저토록 정답고
가슴 가까이 다가오는 것이냐.

가을이 온다

구름 위에 카메라
놓았으면 좋겠어
너 보고 싶을 때마다
너의 모습 찰칵
찰칵 사진으로 찍어
나한테 전해주도록

바람 속에 녹음기
놓았으면 좋겠어
너 생각날 때마다
너의 숨소리 스륵
너의 콧노래 스르륵 담아
나한테 전해주도록

오늘은 또 구름 높고
바람까지 좋은 날
여름이 가려나 보다.

오지 못하는 마음

신발
신발 바닥이 많이
닳았겠다

내가 너를 기다리는 동안
너 또한 내게로 오지 못해
문밖에 서서

바장이다가
안달하다가
끝내 오지 못하는 마음

다시 신발이나
한 켤레 사서
너에게 보내줄까 그런다.

너의 햇볕에 마음을 말린다
Under Your Sunshine

지은이 나태주
펴낸곳 주식회사 홍성사
펴낸이 정애주
국효숙 김의연 박혜란 손상범
송민규 오민택 임영주 차길환

2020. 1. 10. 초판 발행   2024. 8. 16. 7쇄 발행

등록번호 제1-499호 1977. 8. 1.
주소 (04084) 서울시 마포구 양화진4길 3   전화 02) 333-5161   팩스 02) 333-5165
홈페이지 hongsungsa.com   이메일 hsbooks@hongsungsa.com
페이스북 facebook.com/hongsungsa
양화진책방 02) 333-5161

ISBN 978-89-365-1403-7 (03810)